AF276290

EL OTRO DESTIERRO

ALICIA MARÍA ZORRILLA

El otro destierro

Cuentos

libros del
Zorzal

Diseño de portada: Osvaldo Gallese

© 2024. Libros del Zorzal, SL
Rosselló 186 5°4
(08008) Barcelona
España
info@delzorzal.com.ar
<www.delzorzal.com>

ISBN 978-84-129678-2-1
Depósito legal M-26667-2024

Impreso en China | *Printed in China*

Índice

Más allá de la soledad

Cuando lo dejaron en la residencia geriátrica, el viejo no dijo nada. Su hijo menor le palmeó la espalda, y el otro le apretó la mano, pero él no los miraba. Era mejor así, total… La puerta se cerró y él sintió un vacío inmenso, como si la soledad lo devorara. Lo condujeron a una habitación demasiado pequeña que compartiría con otro anciano. Ni lugar para la ropa había. No quiso abrir la maleta. La dejó en el suelo y, luego, la empujó con el pie debajo de la cama. Se sentó y se apretó la cabeza con las manos; los ojos, fijos, y el corazón atado a dos estacas.

Pasaron semanas sin que nadie lo visitara. Los otros ancianos no eran muy comunicativos. Alguno se reía para adentro o gesticulaba para explicarse mejor, pero nada más. Y su nieto Manuel, ¿por qué no venía a verlo? ¿Tan pronto se olvidó del abuelo que lo hacía dormir entre sus brazos cuando todavía vivía la abuela? ¿Tan pronto se olvidó del abuelo? La vida traía sorpresas, y de las grandes. ¿Quién iba a decirle a él que viviría en «un geriátrico» o como se dijera? ¡Solo! ¿Y después…?

Allí todos los días eran iguales, rutinarios, insoportables. ¡Por fin, vinieron! El menor lo abrazó, y el otro le apretó la mano. La tristeza le ahogaba la satisfacción de verlos. Todavía le quedaba dignidad y orgullo, mucho orgullo…, pero no pudo aguantar y lloró abrazándose a sí mismo, para no molestarlos. ¿Qué le pasaba al viejo? ¿Lo atendían mal? ¿Alguien lo había ofendido? ¿No le gustaba la comida?

—No, si no es eso…, nada, la emoción de verlos…, ya saben que yo lloro por nada.

La serie de televisión no acababa nunca y estaba tan cansado. Había sido un día como todos y, tal vez, diferente. Le daba vergüenza levantarse. Era capaz de eternizarse en la silla antes que hacer ruido. Por fin, acabó y se retiró con su compañero de habitación. Mientras este dormía, empezó a escribir: «Vieja, ¡qué lejos estás! Sabés cómo necesito verte. Sabés cómo extraño tu compañía. Nuestros paseos… los domingos de sol, por las calles del barrio… no más, si lo teníamos todo. Después, el matecito y la factura…, y siempre los hijos. ¿Te acordás? Los hijos nos protegerían, nos defenderían de todo… para eso los criamos bien, como hombres…, y a los dos lo mismo, sin diferencias. Vieja, me siento solo. La palabra es fácil, pero no sabés qué es estar solo. ¡Qué suerte que no lo sabés! Es como desvivirse de a poco, lentamente. ¿Cómo te lo diré mejor? Siento que vivo para atrás, que no veo… Cuando me dicen "hoy", no sé qué es…; en todo caso, todo es "hoy", siempre es "hoy", pero sin nada. Me traje el crucifijo, vieja; eso es nuestro, no se lo iba a dejar. A veces, me abrazo a él, y me da fuerzas, pero otras no puedo rezar, se me quiebra el Padrenuestro, y no me acuerdo más. Empiezo otra vez y lo mismo. Entonces, lloro, vieja, pero sin que me vean. Me da tanta vergüenza. Ayer cumplí los ochenta y cinco, pero los chicos no vinieron. Parece el más común de los argumentos: es el cumpleaños del viejo y los hijos se olvidan, porque… bueno… porque tienen otras cosas que hacer. ¡Ay, vieja, si ellos supieran qué significa cumplir ochenta y cinco sin un beso siquiera, si ellos supieran!».

Se acostó. Estaba muy cansado, pero no pudo dormir. Se dejó llevar por la lluvia —le gustaba oír la lluvia— hasta que llegó la hora del desayuno. Se levantó sin entusiasmo y repitió los mismos movimientos del día anterior. Tomó el bastón y salió al jardín. Miró el cielo —¡buen tiempo!— y comenzó su paseo habitual. ¡Avanzar! ¡Qué difícil! Las piernas le temblaban siempre un poco más. ¡Si se quedaran quietas de una vez! ¡A ver...! Trató de sostenerse sin el bastón y ensayó dos o tres pasos. Pero si parecía un chico que empezaba a caminar.

Un golpe seco despertó la atención de la enfermera. Y allí lo vio, tendido sobre el pasto húmedo, la cara llena de barro. Se sentía un mamarracho, un fantoche, un payaso. Si podía... ¿qué pensaba?

—¡Salga de ahí!

Desde ese día no habló más. Perdida para siempre la sonrisa, fue inútil toda palabra de afecto. Se negaba a comer, pero, a veces, comía algo. Los paseos por el jardín se reanudaron a duras penas. Daba dos pasos y vigilaba. No quería que lo observaran. Él era libre de hacer lo que deseara. No estaba en una prisión... ¿o sí?

El sol quemaba. Las sombras añosas de los paraísos y de los jacarandás se estremecían entre el césped. Era placentero sentir las manos tibias, los huesos calientes. El aire parecía estar en éxtasis. Olía a flores, muchas flores, pero no las veía. ¿Dónde crecerían?

Por la tarde llegaron sus hijos. ¿Hacía meses que no lo visitaban? No se acordaba. Era lo mismo. El menor lo abrazó sin énfasis, como si mecánicamente hiciera lo que se debía hacer; el otro le dio la mano. ¿Por qué no lo abrazaba nunca? El viejo se puso de pie cuando los vio, pero no pronunció una sola sílaba. Le hablaron del dinero que ganaban, de que ahora vivían bien; los chicos crecían; la tía había muerto..., el auto..., los impuestos... Aunque los miraba fijamente, no los escuchaba. «Vieja, ¡qué lejos estás!». Afirmó el bastón sobre las baldosas y empezó a caminar. Ellos lo siguieron. No se explicaban muy bien la actitud de su padre. Estaba raro el viejo. Nunca lo habían visto así.

El corredor que desembocaba en el jardín se hizo muy largo esta vez. Escoltado por sus hijos —¡sus hijos!—, llegó y se sentó en un banco muy verde, como los de la plaza del barrio. La estridente luminosidad de la siesta lo cubrió hasta desdibujar su figura.

—Hay lugar, vengan.

No dijo más. Los hijos se sentaron a su lado. «¡Vieja, vinieron los chicos! ¿Viste cómo me quieren?».

Ante su nuevo silencio, el menor y el otro se miraron y ensayaron una mueca de no entender nada. Los gorriones trazaban invisibles laberintos sonoros en el aire. Él los seguía con los ojos yertos y tan distantes.

—Papá, ¿estás bien? ¿Todo en orden? Si te falta algo, ya sabés.

El viejo hundió el bastón en la tierra y cerró los ojos.

El día que cumplió los noventa, tampoco vinieron. El invierno era duro ese año. Sentía mucho el frío, aun con las estufas. Ya no podía asir las cosas con firmeza. Todo se le caía, todo.

Una de esas tardes, llegó el menor con la noticia de la enfermedad incurable del otro. El viejo lo escuchó apesadumbrado, pero no pudo consolarlo, no supo. Su silencio fue más grande. El hijo se le iba, antes que él. ¡No podía ser, no, no! «Vieja, ¡qué lejos estás! Me siento muy solito, tan solito».

Se sentó lentamente en la silla, como pensando. Luego, miró al hijo que permanecía de pie, con la cabeza baja. Vencido por el dolor, meneó la cabeza repetidas veces y se secó con disimulo una lágrima que recorría sus arrugas resecas.

—Que no esté solo, hijo, que no esté solo.

El final de la victoria

El hombre entró en la pulpería con los ojos abismados. Dos o tres gauchos lo miraron con larvada indiferencia y volvieron a hundir su lucidez en el infinito enervante del vino. No era de ese pago. No, el hombre venía de lejos. Su ropa despedía un penetrante hedor, mezcla de hierbas, de animales y de barro.

Cuando se acercó al pulpero, se asió fuertemente de los barrotes del mostrador y pidió una bebida cualquiera. Era lo mismo. La mano reseca sobó los labios agrietados y con un meneo de cabeza, casi involuntario, indicó que algo lo preocupaba.

El pulpero le dio el vaso y lo miró. El hombre bebió temblando, con los ojos fijos en los del pulpero. Después, se sentó. El pulpero no dejaba de observarlo. Su actitud no era la de todos.

Una interminable carcajada resonó en la mesa de los borrachos, seguida de un conato de guapeza. El puñal había caído al suelo, y nadie lo recogía.

Cuando uno de ellos intentó hacerlo, cayó sin remedio y se revolcó entre el tufo del vino.

El hombre parecía petrificado. Qué haría si lo provocaban. Él no buscaba pelea. Le dolía tanto... Nuevas carcajadas lo sacaron de su ensimismamiento. Quiso levantarse, pero una mano le oprimió con desenfado el hombro y lo obligó a continuar en su silla. Ni se atrevió a mirar la cara de quien lo amenazaba con su actitud camorrera. El pulpero le hizo una seña casi imperceptible para que abandonase el lugar. El juego no le gustaba nada.

El puñal seguía en el suelo. El campo abrasaba de luz entrañablemente el recinto y un galope sereno, adormilado, cóncavo, conmovió apenas la inmensidad silenciosa de la siesta.

Cuando miró otra vez el puñal, ya no estaba. Los tres gauchos, de pie, frente a él, lo provocaban con su risa burlona, amarga. ¿Qué querían? Él no buscaba pelea.

La boca se le secó otra vez. Un temblor frío le recorrió las entrañas. Estaba solo.

De pronto, se entreveraron los aceros estrepitosamente. Los tres borrachos resbalaban codiciosos sobre la tierra cimarrona. Apenas un gemido de furia acompañaba el rítmico sucederse de los lances.

El pulpero dejó de secar un vaso y lo apoyó casi sin advertirlo sobre el mostrador. Con la boca semiabierta, presenciaba el memorable duelo.

El hombre no quiso ver más. Se tapó los ojos y lloró. Un agudo grito de dolor rodó y se retorció en el suelo. El gaucho trató de incorporarse, pero una convulsión lo hizo caer sobre su sangre y quedó como absorto, con los ojos duros de rabia. Los otros dos, indiferentes, observaron un momento su agonía y reanudaron la lucha.

El hombre se puso de pie nuevamente. Ya no sentía las piernas. Uno de los puñales relumbró ante sus ojos y culebreó, luego, en el aire denso, caliginoso. El campo ya se tragaba la tarde. El pulpero miró hacia afuera y vio el palenque vacío contra la soledad rojiza del horizonte. El vaso del forastero no tenía vino hacía más de una hora.

Nadie lo detuvo en su intento de partir, pero no podía irse. Ya no.

Un nuevo grito, esta vez seguido de un juramento, terminó con la vida del otro gaucho. El sobreviviente aún amenazaba al muerto con el puñal caliente de su sangre.

Ahora le tocaba a él. El pulpero lo intimó para que se fuera con una voz firme y destemplada. Aquel lanzó una siniestra expresión de desafío y ocupó otra vez su mesa murmurando palabras soeces que apagaban el jadeo del cansancio y otro vaso de vino. El hombre también se sentó y miró hacia afuera. Ya casi era de noche. Pasó con ansiedad dos o tres veces la mano abierta sobre la superficie rugosa de la mesa y la aferró al vaso. Él había visto alguna vez a ese gaucho… alguna vez…

El borracho, como si hubiera oído su pensamiento, se puso de pie violentamente.

El hombre tanteó la proximidad de su facón y comenzó a respirar con dificultad. Un movimiento del gaucho lo obligó a dejar su silla. En ese instante, otros hombres entraron en la pulpería y se acercaron despacio al mostrador, como para dejar más lugar; hablaban en voz alta y se reían también. Pero el hombre no quiso quedarse adentro. Envolvió con lentitud el poncho en su brazo izquierdo y salió al campo. Un viento caliente entreveró sus sentimientos. El otro lo siguió; no sabía por qué. Se tambaleaba sin remedio. Quería dormir…, pero el facón era como una involuntaria prolongación de sí mismo y había que defenderse, había que ser hombre.

La escasa luz y la borrachera le borraban la figura del otro que, frente a él, esperaba... A pesar de todo, atacó. El facón rozaba el pasto, se hundía en el viento y le abría cicatrices a las sombras. Dónde estaba ese maula malentretenido, que no podía verlo. ¡Cobarde el granuja! No quería morir... El hombre recordó otras muertes y se abalanzó sobre el gaucho. Este supo esquivarlo con maestría y redobló su furia.

Los hombres de la pulpería asomaban apenas sus caras arreboladas por el miedo y por el vino. Un hondo olor a hierbas pisoteadas se levantaba de la tierra. El campo, sin luna, había desaparecido. Los dos hombres, como sostenidos por el aire, continuaban su mitológica pelea. Nadie sabe muy ciertamente cómo comienzan esos duelos... Están escritos y se cumplen con la solemnidad de un rito de purificación, tal vez, para aprender a morir.

Los de la pulpería solo oyeron una queja ahogada y el desmoronarse lento de un cuerpo. Mientras, la forma vencida de un hombre se alejaba desflorando las tinieblas.

La espera

Salió del consultorio y le dio las gracias al médico. La puerta se cerró detrás de él con un golpe seco. En la sala de espera, ya no había nadie. Él había sido el último paciente. Tomó su paraguas, aún mojado, y salió a la calle. Ya no llovía. Le causó tanto placer el penetrante aroma a tierra húmeda que se quedó inmóvil y respiró con avidez. Luego, miró a un lado y a otro —¿adónde iría?— y empezó a caminar.

En la cuadra siguiente, encontró un local en el que vendían viejas cámaras fotográficas y libros. Recorrió con la mirada algunos títulos y eligió uno. Abrió al azar el libro y leyó en silencio: «Pocos piensan en la tabla de mortalidad y en la vida probable que les queda; pocos en que todos somos condenados a muerte. Sí, condenados a muerte todos». El dedo quedó sobre la página como subrayando la palabra «muerte». Levantó los ojos y los fijó inconscientemente en una estantería. Volvió a la página y el dedo, que se había deslizado también inconscientemente, señalaba la palabra «condenados». Sí, era una especie de muerte.

Al cerrar el libro, un escalofrío le encadenó los huesos. Lo dejó en su lugar y abandonó la librería. El médico había sido muy claro, demasiado claro. Pero qué haría él. ¡Cómo decírselo a su familia! ¡A sus hijos, que jugaban a la adolescencia con la niñez y a la niñez con la adolescencia!

Siguió caminando. No quería llegar aún a su casa. Debía pensar, pensar, pensar. Y él creía, tenía una fe sin límites... ¿sin límites? ¡Qué soberbio! ¡Cuántas veces le puso cerco a su fe! Y ahora, ¿sin límites? Él había confesado prolijamente sus caídas, y el sacerdote lo había escuchado y lo había absuelto. ¿Cuántas veces? ¡Él creía! ¿Cómo decirle a su familia? ¡Dios, Dios, Dios...!

Una plaza. Un banco. Un lugar para soñar que uno no está tan solo. La mujer no levantó los ojos de su paciente labor para observar a su acompañante. Él la miró con indiferencia, como si le molestara.

—Buenas tardes —balbuceó.

—Buenas tardes. Tiempo feo, ¿no?

—Sí, así parece, así parece...

El banco estaba húmedo, frío. El cielo —¡qué gris tan alto!—, tan gris. Bajó la cabeza y la apretó entre sus manos. El médico no quería alarmarlo, pero su cara, su cara...; la expresión de sus ojos después de la revisión; la mueca que trató de desdibujar inmediatamente. ¿Hablaría en secreto con su mujer? Él era amigo de la familia. ¿Por qué no se había atrevido a gritarle la verdad? ¿Habría una verdad? Había sido todo tan repentino, tan repentino...

Se sintió observado y recobró su postura normal. La señora continuaba calladamente con su tarea. Pasó un niño en bicicleta y quebró el cielo en un charco, el gris del cielo, aquel gris... Y detrás de él, un perro, pero el animal no lo siguió. No sabía qué hacer, si seguirlo o quedarse. ¡La gran elección! Empezó a olfatearle los zapatos y la botamanga de los pantalones. Pasó la lengua varias veces sobre las costras de barro de la suela y lo miró con piedad, largamente, con los ojos caídos, sin luz. Toda la inmensidad de la tarde, en esos ojos sin dolor... Quiso acostarse allí, pero la mujer lo espantó.

—¡Estos perros vagabundos son un peligro! Por la rabia... ¿sabe usted?... después el tratamiento...

¡Su cara! Y, al despedirse, su mano apenas apretó la suya, como si hubiera perdido la fuerza. ¡Qué soberbio! ¡Una fe sin límites! Él que solo quería triunfar para sus hijos, para ser el padre ejemplar. Había hecho lo que había podido. ¡Tantos años! Se puso de pie y empezó a caminar lentamente. De pronto, advirtió que le faltaba algo. Había olvidado el paraguas. Regresó y lo tomó con cierta agresividad. La mujer lo miró con ternura y le sonrió.

—¡Así es la vida, señor...!

¿Cómo lo sabía ella? Él no había dicho nada. ¿O había hablado en algún momento, mientras pensaba? Tal vez, había notado que su comportamiento era extraño.

—Hasta siempre, señor. Que siga bien.

Ese «siempre» lo había golpeado como un «hasta nunca». Asió fuertemente su paraguas y la saludó con cortesía, con la serena y amable cortesía del que carece de preocupaciones o del que quiere ocultarlas con tenacidad. Y hasta sonrió.

Una llovizna densa, pesada, zigzagueaba en el aire. Ya estaba cerca de su casa, muy cerca. Se detuvo en un quiosco y compró con desgano un

diario. Cuando miró la primera página, no pudo…
¡No podía… no podía…! Se arrimó a la pared y
lloró. El paraguas, siempre abierto. Al cerrar la
puerta del consultorio, había presentido la nervio-
sidad del médico. Ahora debería ver bien las cosas,
los árboles, las flores, la cumbre de los edificios que
nunca miraba, las puertas, las baldosas, la cara de la
gente, el cielo de cada día… Sí, realmente, le había
dicho la verdad, una verdad atenuada por términos
que él no entendía, pero la verdad al fin. Había
sido generoso con él, caritativo. La sala de espera
estaba tan vacía. La calle, tan gris, tan sola…

 ¿Quién consolaría al médico? Él también debería de sufrir los dolores de sus enfermos.

 Hizo un gesto como para regresar al consultorio, pero no se atrevió; eso no era lo normal. ¿Qué
cara pondría el doctor cuando lo viera en la sala
de espera otra vez? ¿Esperando qué…, a quién…?
Si ya lo había atendido. ¿Qué cara pondría si él le
dijera que había regresado para consolarlo? ¡Para
consolarlo! ¡Él, que necesitaba tanto consuelo! Se rio
con decepción de sí mismo. Cerró el paraguas —ya
no llovía— y continuó su camino. Faltaba solo una
cuadra. El semáforo le impidió el paso. Esperó. Los

ojos, sin color, fijos en la vereda de enfrente, ¡tan gris!, ¡tan irreal! Cruzó. El cuerpo, rígido, hueco. Alguien lo saludó al pasar, pero no pudo saber quién era. Sus pasos sonaban sobre las baldosas, inseguros, torpes, agitados, seguidos del monótono choque del paraguas que arrastraba como sin vida.

Ya llegaba y no quería llegar. ¿Qué iba a decirles? Ya faltaba poco. Ya estaba allí, frente a su puerta. Intentó apretar el timbre, pero no pudo. Se pasó la mano por la frente. El sudor lo quemaba. Bajó la cabeza y apretó los labios. No podía pensar. ¿Qué les diría? Una cobardía inútil le entumecía la voluntad y le hacía añicos la tristeza. ¿Dónde estaba? Tenía que entrar… Quedaba poco tiempo… Tenía que entrar… Cuando el médico abrió la puerta de su consultorio para atenderlo, lo vio allí, de pie, con los ojos convulsos, enrojecidos; con una postura hierática, casi teatral, como esperando que, en ese preciso instante, alguien le abriera. Lo hizo pasar y cerró detrás de sí la puerta. En la sala de espera, ya no había nadie. Afuera apenas llovía…

Un día más

Esa mañana la neblina lo puso nervioso. La había padecido tantas veces…, pero ese día era distinto. Comenzó a afeitarse con cierto fastidio. La mano le temblaba… Él podía ver en el espejo el estremecimiento de los dedos y la erecta sinuosidad de las venas. Cuanto más trataba de asir «la maquinita» —como él la llamaba—, más se le aflojaba la mano. Intentó con la izquierda, pero fue imposible. Entonces, puso fin a su rutinaria ceremonia matinal arrojándola en el lavabo y limpiándose con la toalla los manchones de crema. ¡Qué inútil que era! Y todo por esa neblina.

«El coche avanzaba solo por la avenida; se oían otros, pero no estaban».

Durante el desayuno, como siempre, su madre colocó en su taza un saquito de té, echó el agua hervida y comenzó a moverlo para que esta se coloreara pronto.

«La neblina densa, cada vez más densa, se apretaba contra los autos y los hacía desaparecer vertiginosamente...».

Miró con resignación a su madre; él también sabía prepararlo y bebió el té sin la convicción de hacerlo.

«No se veía nada, solo un gris que se metamorfoseaba en piedra...».

La tostada con dulce de leche quedó en el plato. La madre insistió en que la comiera —«por el frío... comela, mi amor... vamos... esta sola... vamos... para acompañar ese té que no alimenta nada...»—, pero él no la oyó.

«Aceleró. Tal vez, más adelante, se disipara la neblina. No sabía por dónde iba. El volante estaba helado, y las manos lo manejaban con dificultad...».

Entró en su dormitorio y cerró la puerta. Buscó la campera de cuero y... «sintió la áspera fricción de las chapas»; comenzó a ponérsela... «¿Dónde estaba? ¡No podía ver! ¿Dónde estaba el otro coche que rozaba rítmicamente el suyo?...»; la mano resbaló con dificultad por el puño abrochado... «El pánico le helaba las entrañas... ¿Por dónde iba?... ¿Qué había más adelante...?».

Se acercó a la ventana. Los edificios apenas eran bosquejos, líneas truncas, rectas que aparecían y desaparecían por tramos, y, a veces, nada. Él no estaba acostumbrado a conducir y, sin embargo, debía hacerlo. Era imprescindible que ese día lo hiciera. Era difícil encontrar trabajo y una vez que lo había conseguido...; no, no tenía que dudar más.

«Las ruedas resbalaban sobre el pavimento; la humedad lo ahogaba; no podía respirar bien. ¿Por qué no entraba aire por las ventanillas? Otra vez, los sonidos desesperados de las bocinas, las ráfagas de luces opacas...».

Terminó de subir el cierre de la campera, tomó las llaves del auto y salió de la habitación. Allí estaba todavía su madre con la tostada en la mano. Sin palabras, alargó el brazo para dársela, pero él no la miró. Dijo secamente «hasta luego». La llave sufrió también la indecisión de su pulso, pero, por fin, abrió la puerta.

El auto estaba frente a su casa; casi no lo veía. Cruzó aterrorizado la avenida y, cuando llegó a aquel, arrastró su mano sobre la superficie húmeda de la chapa.

Tardó en entrar. «Otra vez, las ráfagas de luces opacas, la horrible sensación de correr, correr y correr por el aire…, de rodar y rodar y rodar en el vacío… El sudor le cerraba los ojos… El cuerpo iba deshaciéndose en finísimas hebras líquidas…».

Finalmente, entró. Puso en marcha el motor y aferró sus manos al volante helado. Aún antes de partir, enderezó el espejo, se miró los ojos rígidos… «Ahora la carrera era vertiginosa; ya no podía detenerse… cada vez veía menos… solo muros, muros interminables y ese rítmico acompañamiento de ruedas que crecía infinitamente… No, ya no podía detenerse… ya no…».

Se restregó los labios con la mano temblorosa y partió. Era difícil conseguir trabajo y una vez que lo había conseguido… Ese día se le pegaba al cuerpo como una obligación. Cada calle lo devoraba, le cavaba el alma con su ciega tristeza de cemento, le desgarraba la voluntad… Tenía miedo, un miedo lacerante, cobarde… un angustioso miedo de morir… solo. ¿Estaba solo?

Aceleró. Cada vez veía menos… Ráfagas de luces opacas… bocinas desesperadas… Perdía poco a poco el dominio del volante… los dedos ya no tenían fuerza... las manos iban abandonándolo. Luces, luces, más luces... Cerró los ojos... respiró hondamente...

Estallido de chapas y de cristales... Serena sensación de abismos encendidos... La tostada de dulce de leche en la mano inmensa de la madre... Oquedad fría... «La maquinita» que resbalaba una y otra vez en la blancura del lavabo... Silencio irreparable...

Una rueda desnuda continuó aún su camino de niebla sin huellas... Aunque ya no había luz, pudo ver a su madre que se cubría lenta, muy lentamente la cara con la máscara del dolor para empezar a interpretar la tragedia de la vida.

Un instante después…

Cuando intentó dejar su silla, una fuerza irresistible lo devolvió a esta. Oyó dos o tres voces que se despeñaban entre el temor y la furia, y sintió el abismo helado del cañón de un revólver sobre la sien.

No dijo nada. Se limitó a esperar. Inmóvil, con la mirada fija en su tiempo interior, salió del lugar y se mezcló con el ruido de la gente que apenas reparaba en el monótono tintineo de su delgado bastón blanco. Alguien lo empujó involuntariamente, pero no se detuvo. Los sonidos de la calle crecían y decrecían con el mismo ritmo del oleaje. Un oleaje incoloro, invisible, sin el olor penetrante de la espuma salada, de las algas, del viento marino lleno de estrellas sin luz, pero lleno de estrellas y de lunas.

Se sentía perseguido. No sabía por quién o por quiénes. Aunque trataba de acelerar el paso, las intenciones extrañas eran más ágiles que las piernas, más voraces. Siempre les había tenido miedo a los que caminaban detrás de él, siempre. No sabía por qué. Por eso, prefería caminar de noche. El peligro era menor, tal vez, menor.

Cuando llegó a su casa, tanteó la cerradura, puso la llave y, después de dos vueltas, la puerta cedió a sus intensos deseos de dejar atrás la memoria de su sombra.

Subió dos o tres escalones —no supo cuántos— y llegó al ascensor. Le costó cerrar la puerta. La mano le temblaba descontroladamente. Apretó el cuarto botón y apoyó su espalda contra el espejo. El ascensor se detuvo. No oyó nada. ¿Habría llegado al cuarto piso? Se había olvidado de contar como siempre lo hacía. A pesar de su duda, salió. Buscó desesperado la puerta de su departamento y la letra que la identificaba. Sí, era el cuarto piso. Esa era su casa.

Repitió rigurosamente la ceremonia de la llave, pero esta no respondía a su cerradura. Tocó, entonces, la puerta y se abrió sin presión alguna. El miedo lo ahogaba. Se arrastró contra las paredes con lentitud hasta llegar al comedor. El olor a humedad y el frío le eran familiares. Sí, era ese su departamento, pero por qué abierto. Si él había cerrado bien la puerta.

Ya no sentía las piernas. El temblor le había arrancado las fuerzas, y la mano ya no fue capaz de sostener el bastón blanco, que cayó irremediablemente y produjo un sordo ruido metálico. Aunque trató de localizarlo, no pudo. Estaba fuera de su alcance, como si se hubiera desintegrado en el aire. Los ojos turbios, estáticos, devoraban la oscuridad. Recordó en ese momento algunos versos de la *Ilíada*, de Homero, el otro ciego, que había leído en su juventud, cuando estudiaba Literatura en la Facultad, cuando no sabía mirar la luz ni la gozaba porque era normal que el día sucediera a la noche, y que saliera el sol. Después, el accidente... las ilusiones... y el no volver a despertar nunca... nunca...

¿Por qué recordaba ahora eso? El vientre chocó contra el respaldo de una silla, y las manos, que quisieron asirse con fuerza a aquel, apenas abandonaron su letargo para separarla de la mesa.

Se sentó. ¡Por fin! Y ahora qué sucedería. Puso las manos sobre la mesa y la acarició largamente. El olor húmedo de la madera lo trastornaba hasta las náuseas, pero no se atrevía a realizar un solo movimiento. Esperó silencioso. No oía nada, salvo el subir y bajar del ascensor que nunca se detenía en el cuarto piso. La respiración se le entrecortaba cada vez con mayor celeridad. Le faltaba el aire. Una fatiga nerviosa le presionaba el pecho, lo estrangulaba con torturante lentitud. Sobrevino, entonces, la tos, esa terrible tos áspera, rítmica, tosca. Él no quería hacer ruido, ningún ruido. Se llevó las manos a la boca para contener los espasmos, pero no pudo. El jadeo aumentaba. El terror lo envolvía en un torbellino de pensamientos inconexos, irracionales. La tos se agazapaba y volvía a irrumpir, y se estrellaba contra el silencio duro, insensible. Ya no podía más. Tenía que hacerlo. Entonces, cuando intentó dejar su silla, una fuerza irresistible lo devolvió a esta. Oyó dos o tres voces que se despeñaban entre el temor y la furia, y sintió el abismo helado del cañón de un revólver sobre la sien. No dijo nada. Se limitó a esperar. Inmóvil, con la mirada fija en su tiempo interior, en sus ayeres. Ya no tosía…

La mortificación

«No, yo no quiero que toquen el timbre… Pueden entrar… la puerta está abierta. Hay buenas sillas en la sala para acomodar el fastidio de asistir a este velatorio inoportuno. ¡Justamente hoy se fue a morir…! Podía haber sido mañana… ¿no? ¡Y de noche…!, con lo cansados que están todos…». Doña Librada asoma el lunar y los ruleros, y aprieta los brazos cruzados contra el pecho exuberante, como si tuviera frío.

—¡Pobrecita…! ¿Y cómo fue? ¡Tan bien que estaba ayer!

—Usted la vio… Cuando «el Beto» me lo dijo…, ¡ay, le aseguro que no lo podía creer! ¿Quién está con ella?

—Nadie. Pase. Está solita.

Los sobrinos leen con disimulo los nombres incrustados en las cintas moradas que hacen tan solemnes y fatídicas las flores de las coronas, y las cuentan dos o tres veces porque no coinciden en el número.

Los hijos y las hijas no saben qué hacer con las manos. Las extienden y las juntan, las juntan y las extienden, en un movimiento casi automático, insensible, porque la gente saluda y también palmea y abraza y sonríe al entrar, y después deja de hacerlo, como si la muerte fuera un acontecimiento al que solo queda bien llevar lágrimas y pensamientos de mármol.

Alguien dice que hace tanto tanto calor que van a derretirse las velas —pero no hay velas—, y otros, formales hasta para fingir, aceptan con beneplácito un café casi hervido, negro y humeante, que beben para cumplir con el rito de estos eventos.

El primo lejano comenta con ironía al oído del encargado del edificio que luego servirán el güisqui y los bocadillos. Sí, se ríe… ¿Qué más puede hacer si no aprendió otra cosa? Nunca visita a nadie, pero si hay velatorio…, ¡ah!, si hay velatorio, es el primero en llegar con su traje negro y ese par de zapatos marrones, siempre nuevos y lustrados.

—¡Mirá, ahí está Adolfito con «los eternos»!

Y «los eternos» se mueven nerviosos de un extremo a otro de la sala, sin perder su brillo ni su color.

—Vine por cumplir, ¿sabés?, para que me vean los deudos... diez o quince minutos... y me voy, ¿sabés? En realidad, la difunta es una parienta muy muy lejana..., ¿viste?

El reloj ha repetido varias veces sus campanadas con esa solemnidad antigua que le hace agujeros al silencio.

Doña Librada, con la cara descompuesta, se acerca a un grupo de vecinas que, como ella, quieren saber qué ha pasado, cómo fue, cuándo... Forman una especie de espiral que se abre y se cierra conforme escudriñan a su alrededor o murmuran, como arrastrando un lamento. En ese preciso instante en que la conversación se hace densa, envolvente, abrasadora, entra el nieto con el casco reglamentario en la mano y el aro en la oreja izquierda. Parece que pide limosna. La familia lo ignora. Las vecinas lo miran de arriba abajo y, con un virtuoso meneo de cabeza, desaprueban la osadía del menor.

La masticación del chicle le imprime a la boca un ritmo peculiar, lento, displicente. Los ojos recorren desconfiados la habitación hasta encontrar el féretro. No sabe qué hacer con el casco... Mastica,

mastica, mastica… Siente deseos de hacer un globo inmenso, y, cuando prepara la lengua y las ansias, lo detiene una mano pesada que, sin conocer sus intenciones, parece recordarle que el lugar no es propicio. Se adelanta, entonces, con la mano de no sabe quién sobre el hombro y se acerca al cajón. El color de la muerte se le aplasta contra la cara. ¿Dónde meterse? ¿A quién mirar? Mastica… mastica…, ahora más nerviosamente…, baja la cabeza…, se le cae el cabello sobre los ojos…, mastica… Esa mano, que sobre el hombro quiere expresarle su pesar, le pesa demasiado. Mueve el hombro, pero la mano sigue allí, inmóvil, obstinada, como si ya se hubiera fundido con su propio cuerpo. Levanta lentamente la cabeza y, horrorizado, se ve allí, en el cajón, con los ojos abiertos y la sonrisa desleída de la abuela sobre su boca. Siempre sonreía así, a medias, con esa amarga alegría de los que no han vivido lo que hubieran querido vivir, de los que se sienten insatisfechos por algo, casi culpables… En un instante se desvanece la imagen, pero la boca le queda seca, y los ojos, endurecidos. La mano sigue sobre el hombro irremediablemente. Intenta darse vuelta para ver la cara de su opresor, pero no se anima, no quiere… ¿Cuándo acabaría todo eso? ¿Por qué no la enterraban de una vez…? ¿Qué estaban esperando…? Mastica… mastica con rabia… mastica y mastica y mastica, hasta que aparece su madre para salvarlo de la terrible obligación de permanecer allí —¿para qué?—, junto al cajón, donde reposan los restos mortales de la abuela, de la querida abuela, de la única abuela que tenía… que tiene…, si todavía está ahí… Siente otra vez deseos de hacer un globo inmenso con su gastado chicle…, bien grande…, hasta que explote, y el ruido vuelva todas las caras y los cuerpos hacia él, hacia el «nieto del aro», como lo llama doña Librada, o hacia el «casco sin cerebro», como lo ha bautizado el primo lejano, el de «los eternos». Él se iba, ya no tenía nada que hacer allí. Había venido, ¿no?

Las vecinas deshacen en orden la espiral de chismes y pasan ritualmente junto al féretro persignándose o mascullando un «que en paz descanse». Una tras otra, ya en silencio, saluda a los deudos y sale.

—Ayer tan bien…, y hoy… ¡No somos nada!

—Nadie lloraba… ¿vio? Me parece que ya no se usa.

—¡Qué armadita que estaba!…, ¿no?

—Y usted sabe que hasta maquillan a los muertos…

—¡¡No!!

—Sí, ¿no le conté? A la madre de…

Adolfito, el primo lejano, apura su último café y saluda desde la puerta a la finada con un ademán tosco, irónico. Después, se ata mejor los cordones de uno de «los eternos», se endereza el moñito, protocolarmente negro, mira a un lado y a otro, palmea al encargado del edificio y se va sin decir adiós a nadie. Menos mal que lo habían visto, si no después las críticas lo acribillarían, y esas heridas no cicatrizaban nunca.

Los sobrinos se retiran —«mañana nos levantamos muy temprano»— sin saber cabalmente cuántas coronas ha recibido la tía.

El encargado del edificio se olvida de que tiene los anteojos puestos y se frota fuertemente el vidrio. Se los saca, entonces, con un gesto grosero como un insulto, y hunde su dedo índice en el ojo izquierdo. Al darse cuenta de que ha quedado sin compañía, se acerca al cajón, se persigna y sale sin convencimiento, desganado. ¿Habría actuado bien?

Mientras, los hijos y las hijas recogen las manos y se sientan sin mirarse. La sala tiene muy poca luz. Ella siempre decía que parecía una tumba.

Los rostros y los cuerpos se desdibujan afanosamente; se funden, se deshacen...

En el cajón, se muerden entre sí las huecas congojas, los silencios, la indiferencia, la broma de mal gusto y ese aroma anónimo que despiden las flores de los velatorios y que ahoga... hasta a la muerte.

—Ya estoy sola otra vez...

—¿Qué decís, abuela?

—Nada... nada... vos seguí masticando...

El otro destierro

No digas nada.
Para entender, ya basta con la vida
que en todo es tan igual, tan parecida.
Un paso, un paso apenas de llegada,
y un saludo, de simple despedida.

JORGE VOCOS LESCANO

Ni sabías para qué habías ido ni por qué estabas allí.
Y esas cataratas que no te dejaban ver con nitidez los
vidrios con los que te habías enfrentado al entrar. ¿No
habría también una calesita? Te tomaron del brazo y
te acompañaron hasta otro lugar de ese lugar que no
conocías. Esos dedos ajenos se clavaron en tu brazo
como alfileres de los buenos, ya que los malos no
pinchaban nada, rompían… eso… rompían la ropa
y después… ¿quién pagaba otra? Oíste el chirrido de
una puerta —«le falta aceite»—, y te hicieron apurar
el paso. ¿Dónde estabas? ¡Qué olor a humedad! Si
no cuidaban nada… estos chicos de hoy… dinero,

música y bebida… música, dinero y bebida… y que la casa se viniera abajo… ¡total!… Pero ¿dónde te llevaban, Felicitas? Te dolían los pies y tenías muy frías las manos… muy frías… Te sentaron, de pronto, sobre algo mullido. ¿Sería tu cama? ¿Tendrías una cama? Hablaban y hablaban… Tenías tanto frío…

¿No veían tu frío?… ¿Por qué hablaban tanto? Recordaste que no le habías echado agua a la azalea y te pusiste de pie, pero no te dejaron salir para regarla. Se iba a secar por culpa de ellos, por culpa de ellos… Tu madre vendría a buscarte, y le mostrarías el cuaderno con la felicitación de la maestra y le dirías que te habías olvidado de regar la azalea… ¿Estaría en la esquina esperándote? Sí, no faltaba nunca. Ella no faltaba nunca. Te sacaron el tapado negro y te dijeron «abuelita», y te acariciaron la cara con el cuero de un guante, y sonreíste… ¿Dónde estabas, Felicitas? Después, no oíste más voces…

¿Y mamá? Faltaba mucho para que viniera. Le tenías miedo a la oscuridad. La noche congregaba a tus muertos, a tus queridos muertos, cada vez más tangibles, más próximos… ¿Te dejarían la luz encendida? Todavía sentías sobre la cara la mano de cuero… ¿De quién había sido esa caricia? En el coche, sí, en el coche habías oído la voz de Teresita, tu nieta. Ella también hablaba mucho en el coche. ¿Por qué hablará tanto la gente y no aprenderá a escuchar y a callar? El saber callar es un don superior del que disfrutan muy pocos. Sí, Felicitas, muy pocos, y vos... Sí, el guante de Teresita... ¿Dónde estaba ahora Teresita? Te habías quedado sola. Para callarse, había que quedarse sola.

Entonces, comenzabas a hablar con tus entrañas y tratabas de escucharlas. Las palabras, adentro, se te daban vuelta, Felicitas. Se descarnaban. El revés de tus palabras, Felicitas, sangraba.

En tu casa no tenías un lugar. Te lo prestaban. Te lo alquilaban. Pero un día se cansaron de verte en ese espacio y, sin preguntártelo, te lo arrebataron. Y te vaciaron la soledad. ¿Qué te quedaba, Felicitas? Molestabas. Los viejos siempre molestan, porque mendigan ternura de niño. Sí, eso te decía tu hijo, y Teresita se reía. Y vos también te reías para que no te abandonaran, pero no resultó, Felicitas. No te quisieron más allí. ¿Para qué? «¿Dejarán encendida la luz?». Tenías miedo de tener miedo. Te frotaste los ojos para ver mejor, pero no podías ver mejor. Ya ni se movían. Se te habían endurecido de tanto ver la vida sin amor.

Entró alguien, y dejaste de pensar, como si te hubiera asaltado el absurdo temor de que ese ser descubriera el argumento de tus silencios. Te dijo otra vez «abuelita», te ayudó a desvestirte lentamente y te acostó. Que no te apagara la luz... todavía no... un ratito más... Pero te apagó la luz, Felicitas, y empezaste a ver en la oscuridad ojos enormes, bocas ridículas que no dejaban de abrirse, que se estiraban en terribles muecas de tristeza. Ni los fantasmas querían reírse. No pudiste dormir esa noche. Extrañabas tu habitación, es decir, la que te dejaron usar hasta que se cansaron de vos. Intentaste recordarla y quisiste volver a aspirar el perfume de las fresias que arrancabas a escondidas en el jardín y que colocabas, todos los días invariablemente, en el florero de vidrio rojo. ¡No lo trajiste, Felicitas! ¿Cómo pudiste olvidarlo? Y tu madre que no llega... Ella lo traerá; sabe que lo querés tanto... Ella lo traerá... porque sabía escucharte, aunque no te entendiera, aunque su simplicidad solo enarbolara la pretensión de vivir cada día dándole un nombre diferente a la felicidad.

Oíste voces afuera y te cubriste la cara con la sábana. A vos no...; vos no estabas...; que te buscaran en otro lado... Hoy no querías tomar la leche... No te gustaba la leche...; chocolate, sí, pero... hoy, mejor nada. Te dolía el alma en la clausura de tu cuerpo viejo, harto de días sin sol... Oíste voces afuera. ¿Dónde? Las sombras resbalaban por las paredes dormidas y se sumergían en los huecos de la nada para reaparecer, luego, y luego, y luego, y luego, y siempre, en esa noche de tu largo insomnio, sin saber dónde estabas ni por qué estabas allí. ¿Estabas, Felicitas?

La mano de cuero estrujaba tus olvidadas arrugas... Vos recordabas ese acto de sentimiento falso, de alegría sin límites porque ya no tendrían que atenderte, ya no molestarías, ya no ocuparías esa habitación que impregnabas con tus olores gastados... ¿Cuándo vendría tu madre? ¿No tardaba demasiado? Que no te abandonara ella también. Estará esperándote, y vos volverás a sus brazos, y tu guardapolvo blanco será un ala inmensa... ¿Qué otro nombre podrás darle a la vida? ¡Qué lejana la vida!

Hoy no te peinaron. Te acostaron y no te peinaron. Tampoco te pusieron el perfume con que todas las noches refrescabas tu cuello. Tampoco te enseñaron a rezar el Padrenuestro. Antes de acostarte… Que no te olvidaras… Primero, rezar; después, dormir. Pero no podés dormir, Felicitas. Esta noche no querés alejarte de la realidad. Debés estar al acecho aunque casi no ves. También se acecha con el corazón.

Las manos inmóviles esperaron el día como una infinita prolongación de las sombras. La palabra «abuelita» volvió a tus oídos como un mensaje de despedida. Alguien te ayudó a vestirte y te condujo a otro lugar de ese lugar desconocido para que desayunaras. Te pareció que no estabas sola, pero no te atreviste a comprobarlo. ¿Y Teresita? ¿Todavía no se había levantado? Iba a llegar tarde a la Facultad. Después la culparía a ella de que no la había llamado. Como siempre, la culpa era de la vieja —«esta vieja», como decía Teresita—, la que carecía de mañana, la que ya no tenía esperanzas, la extranjera entre aquellos a los que había dado su sangre. Si hubieran sabido, Felicitas, cuánto te costaba saber ser vieja. Si hubieran podido ver las arrugas que había tallado el dolor en tu espíritu, ese dolor de no servir y de seguir viviendo para que los demás te lo recordaran. ¡Qué caliente estaba el té! La mermelada de naranja te gustaba. ¿Cuánto hacía que no la probabas? Alrededor de... ¡tantos años!... cuando todavía vivía tu Alfonso. Él te la compraba siempre... ¿Y el ramo de rosas para tu cumpleaños? ¡Nunca se olvidaba, pobrecito! ¡Cuán poco hablaban del amor y cuánto se amaban, Felicitas! ¡Qué caliente estaba el té! Así no podías beberlo. Si hubiera venido tu madre, te lo habría enfriado y te habría acariciado la cabeza para que terminaras pronto tu desayuno. Vos no querías que Teresita te echara la culpa. Si la habías llamado cuando sonó el reloj. A las siete en punto... en punto... ¿Por qué no estaba Teresita, tu Teresita?

La palabra «abuelita» te sobresaltó esta vez. Creíste durante un instante que tu nieta te había llamado, pero no era ella. ¿Cómo pudiste pensar que esa palabra, ahora tan hueca, podía haber sido pronunciada por tu Teresita? Si ni «abuela» te decía... Solo «esa vieja» o «tu madre», cuando hablaba con tu hijo. ¡Siempre tan despectiva! ¿Por qué la molestabas, Felicitas? ¿Qué le habías hecho para que no te quisiera? ¡Qué caliente estaba el té! No querías tomarlo, pero debías hacerlo.

¡El inmenso peso de las órdenes! Deber, deber, deber, siempre. Así te lo recordaba la hipócrita dulzura de esa voz que se deshacía a tus espaldas. «La abuelita debía tomar el té, si no iba a debilitarse y después…». ¿Qué podía importarle a esa voz que una anciana como vos se debilitara o se muriera? No, no lo tomarías. Ahí quedaba… ni una gota… La voz no te reprochó el capricho de vieja obstinada. Ya no la escuchabas. Te levantaste de la silla —no recordabas por qué— y te acercaste lentamente a la ventana para mirar la nada con el pensamiento. ¡Esas cataratas…! ¿Sería así, en realidad, el mundo? Una bruma sin principio ni fin. Una constante bruma de mañanas de blanca bruma, de tardes de dorada bruma, de noches de negra bruma. ¿Quién veía la verdad? ¿Los videntes o los ciegos? Ya no querías pensar más. ¿Para qué? Deseabas reencontrarte con tu soledad. No sabías cuánto tiempo estarían juntas, pero tendrían que aprender a convivir. Las demás ancianas no eran compañía; no existían. Había que aprender a ser soledosa. ¡Qué palabra! ¡Soledosa! ¡¿Dónde la habías leído?! ¿Quién sabía dónde? Soledosa…, so - le - do - sa…

Te reíste, Felicitas, pero sin que nadie te oyera, meneando apenas la cabeza… Tu madre tardaba

mucho. Ya no vendría. No, ya no vendría, no...
no. Hoy no irías a la escuela, ni regarías tu azalea,
ni te deleitarías con el perfume de tus fresias, ni
oirías el «esta vieja» de Teresita. Hoy era siempre.
Cerraste los ojos para no sentirte muerta y comen-
zaste a acunar nuevamente a tu hijo con la ternura
con que el último sol calienta las hojas secas.

No me dieron la tierra

Un hilo de luz le hirió los ojos y, aunque trató de darse vuelta en el catre para evitarlo, fue inútil. Entonces, se incorporó con fastidio y corrió el lienzo desflecado que colgaba del ventanuco. Un aire fuerte, húmedo, se le pegó a la cara y le recorrió el cuerpo como el filo helado de un cuchillo. ¡Caray, qué pronto había llegado el invierno ese año! Se frotó los brazos y volvió a acostarse, pero ya no pudo dormir. Los ojos no querían cerrarse y, si no querían cerrarse, había que dejarlos abiertos, bien abiertos, fijos en ese techo cotidiano sin eternidad, en esas paredes húmedas, cuyo hedor crecía con la noche.

Por fin, se levantó; se rascó el cuello y se frotó con ganas el ojo derecho. Después, se puso lentamente los pantalones y la camisa. Los pies se le arrugaban sobre el piso terroso. Había que trabajar, sí, pues... No vio que una de las alpargatas estaba debajo del catre y la buscó desesperado hasta que se le ocurrió que solo ahí podía hallarla. La calzó con desgano y se acercó otra vez al ventanuco arrastrando los pies. Allí estaba ya Evaristo echando su pereza en los surcos, deshaciendo con las manos calientes los terrones abrasados de hielo. Y así era no más todos los días… así debía ser… Meneó la cabeza y se frotó nuevamente los brazos. Otro escalofrío le atravesó las entrañas. Le costaba salir. Esa mañana le costaba salir. Retrocedió y recogió una parte de la manta que languidecía en el piso. No había que irse. Él no debía irse. Aunque lo había pensado tantas veces, con el rancho a cuestas o sin él, pero irse… ¿adónde?… Él también era argentino, indio, pero argentino… un indio muy argentino…

Una luz muy blanca penetró como una rígida cascada por el ventanuco. Se miró las manos huesudas, descarnadas, sin para qué y caminó otra vez hacia la puerta. Las astillas de la madera reseca le abrían surcos en la piel. El hombre quería respirar por cada uno de ellos y hasta repetía con cierta fruición ese viaje inconsciente de la mano a través de los ásperos caminos de la madera.

Ese día no deseaba dejar la casucha. Una fuerza desconocida lo tironeaba desde adentro, como si quisiera darlo vuelta. ¡Un indio al revés! Sí que estaría bueno; él, pero al revés, para que no vieran su cara, sino su dolor ya petrificado, sus ansias de ser esconditas entre los huesos, su voluntad grande para cavar la tierra día a día, hora a hora, con esperanza, para hacerla suya...

No, ese día el hombre no quería salir, no podía. Evaristo ya no estaba solo. Otros lo acompañaban ahora en su rutinario diálogo de silencios. El hombre vio, entonces, cómo se les llenaban las manos de luz. Ellos no lo sabían, pero él sí. Una luz ardiente que conquistaba poco a poco la sinuosidad de las venas, que reptaba lentamente entre las arrugas de la ropa tosca, que les vaciaba los ojos...

No, esa mañana no podía abandonar el rancho, o como se llamasen esas paredes, ni el techo y el piso de tierra, su tierra, que había construido el tiempo hacía ya tanto tiempo.

El hombre se miró las manos otra vez y las ahuecó, juntitas, y no se le llenaron de luz. Entonces, las abrió inmensamente como para que se le escurriera tanta oscuridad, para que no quedara nada, nada...

Evaristo comenzó a cantar con nostalgia. La voz le lagrimaba.

Los otros, sin mirarlo, continuaban cavando y cavando y cavando... Evaristo tampoco los miraba, pero, a veces, escudriñaba de soslayo la puerta del rancho del hombre que ese día no quería salir, porque le sobraba coraje para esperar allí a la vida. Era raro que no estuviera ya con ellos…; sí, era raro, muy raro…

El hombre apretó su cuerpo contra una de las paredes del rancho y sintió la soledad. Luego, comenzó a deslizarse hasta que quedó tendido sobre el piso de tierra. No, no quería salir… ese día, no… Que lo dieran vuelta si dudaban de que era como todos…, que lo dieran vuelta y le arrancaran las lágrimas que llevaba adentro. Él también sabía llorar… Que lo dieran vuelta con toda la piel y con toda la carne, pero que lo escucharan…

La voz se le hizo añicos en las entrañas. Golpeó con furia el piso y encogió las piernas y los brazos, y hundió en el pecho la cabeza de cobre, sin luz. Que lo buscaran…

Evaristo ya no cantaba. Los otros estaban lejos. Evaristo había dejado olvidado su cansancio en la tierra y se marchaba agobiado aún de ilusiones y de mañanas, siempre sin hoy…

El hombre quedaba solo, muy solo… crucificando su sombra en la vejez de la derrota.

Pequeñas muertes

Cuando Dolores se dio cuenta de que no podía oír, tenía seis años.

Ya estaba cansada de visitar todas las semanas un mismo lugar —ahora sabía que era un consultorio—, donde un hombre con guardapolvo blanco la sometía a infinidad de pruebas. ¡Qué difícil enfrentarse con la verdad! De todas salía airosa. La mente, sagaz, ágil, desorientaba hasta al médico más avezado. Pero todo concluyó aquel día en que apagaron la luz y, según su madre, la llamaron y le dieron órdenes que, por supuesto, no cumplió. No había tenido miedo, pero se había sentido distinta, sola, muy sola. No caminó, no lloró, no corrió. Se quedó clavada en el centro de esa habitación, cada vez más inmensa, en espera de algo. Cuando encendieron la luz, vio a su madre de pie, como petrificada, y le sonrió. El médico bajó la cabeza y se sentó para escribir. A Dolores le había gustado el juego, y hasta deseaba que la dejaran otra vez a oscuras, pero ya no hacía falta.

Al llegar a su casa, observó cómo su papá se derrumbaba en un sillón. No la miraba, no deseaba mirarla. Su mamá no vaciló nunca. Se hizo fuerte y creció ante sus ojos.

A los pocos días, una maleta le anunció el inminente viaje del papá. ¡Negocios, compromisos impostergables! ¿Se habría ido por ella? A pesar de todo, las ausencias no eran tan largas. Todos los fines de semana, él estaba con los suyos, pero no sabía qué hacer con su hija. Actuaba sin espontaneidad. Se sonreía con temor. Ella sabía cuánto le costaba sonreír, pero simulaba ignorarlo y se comportaba lo más normalmente posible para que él sufriera menos.

Una de esas tardes en que Dolores y su mamá estaban solas, surgió la pregunta tan temida. No sabía por qué había esperado tanto. Tal vez ni ella quería saberlo. La madre se lo explicó detenidamente. Dolores ya leía sus labios. Y no lloró ni se desesperó. No conocía el canto de los pájaros ni la palabra humana… la voz de mamá… Todo era tan natural, tan natural… A partir de entonces, la escuela. Todas las mañanas se enfrentaba con la dura prueba, y, todas las tardes, una profesora libraba la más difícil de las batallas: enseñarle a hablar. Su rebeldía no tenía límites, pero su voluntad tampoco. Y lo logró. Después todo fue rutina. Repetir hasta el cansancio las mismas palabras; avanzar lenta o rápidamente en los conocimientos. ¿Eso sería vivir? Para Dolores, cada regreso a su casa era una fiesta. Se refugiaba entre sus muñecas, sordas como ella —ahora podía decirlo sin trabas: «Sorrr-doa, sorrr-doa»—, y las miraba para encontrar en sus ojos lo que vibraba en su corazón. Creía que eran como ella. ¡Vaya chasco! No sentían nada. Estaban, solo estaban para que creciera su imaginación. Pero Dolores necesitaba algo más. Y las dejaba con sus primorosos vestidos y sus cabellos de plástico y sus ojos duros, tan duros... Y se sentaba al piano electrónico que le había comprado su padre cuando supo que ella no podía oír. No se resignaba a que su hija —¡su hija!— fuera sorda. Al principio, era divertido apretar las teclas y ver la cara complacida de su papá. ¡Qué bien estaba haciéndolo! Después, le resultó tedioso. No sabía para qué las apretaba... ¿para qué?

En enero, nació Manuel, su hermano. Se olvidó, entonces, de muñecas y de pianos, y se dedicó a mirarlo y a mimarlo. Él, sí, abría y cerraba los ojos, y lloraba, y movía los labios…

A pesar de la llegada del bebé, su madre no la abandonó un instante. La escuela y las clases particulares continuaban siendo su tortura y su esperanza, sobre todo, su esperanza.

Manuel fue creciendo en la indiferencia. Su madre solo le gritaba y lo castigaba. Su padre le consentía todos los caprichos. Y ella no se cansaba de mirarlo y de adivinar su voz. Él sabía que lo quería mucho, mucho… Empezó a dolerle, entonces, su sordera, porque no podían darle el amor que ella había recibido, que seguía recibiendo. A veces, lo veía tan solo. Un vidrio roto, una raya roja en la pantalla del televisor, un cabezazo contra la pared eran los mudos gritos de su necesidad de existir. Apenas reía. Su madre no lo aguantaba más. Y ella se escondía entre las muñecas y los cuadernos, entre las cosas sin alma que agigantaban su pena.

Dolores deseaba que sus ojos se multiplicaran para leer en todas las bocas al mismo tiempo esas palabras, cuyo solo espíritu estaba resquebrajando su niñez. Su niña también sabía sufrir, aunque ellos nunca lo creyeran... y sufría mucho... mucho...

Con el transcurrir de los meses... de los años..., la atmósfera de la casa se fue enrareciendo. El padre ya no mimaba tanto a Manuel. La madre caminaba de un extremo al otro de las habitaciones con las manos crispadas y apenas comía. ¿No sabrían qué hacer con ella? ¿La habrían visto llorar, y eso no era bueno para ser felices?

Después, una nueva ocupación duplicó los nervios de la madre. La casa se llenó de vestidos, blusas, faldas, pantalones... y clientas... tres o cuatro... o diez clientas por día que aturdían con su frivolidad el silencio de su silencio. No, no era ella el problema. O sí, lo era, pues su madre trató de explicarle que hacía eso por ella, para dejarle algo en la vida, un trabajo adecuado a la medida de sus posibilidades. ¿Qué posibilidades?

¿Qué medida? Dolores sonrió. Estuvo a su lado en todo: padeció el malhumor de algunas señoras, las caricaturescas muecas de admiración de otras, la puerta de calle que nunca se cerraba definitivamente.

Manuel no se cansaba de dar vueltas alrededor de la mesa del comedor con los brazos en alto y aprovechaba cualquier descuido para enredar sus pies en esos trapos de colores que no le dejaban tocar y que atraían cada día más su atención.

Dolores sonreía. No había que hacerle mal a nadie, a nadie...

Durante la madrugada, mientras ellos creían que dormía, inventaba cuentos con niños que podían oír, con los ojos siempre fijos en la lámpara que nunca se apagaba, nunca, pues su madre la necesitaba para bordar con lentejuelas esas caras inmensas, inútiles, absurdas que la moda estampaba en la ropa.

Se dormía muy tarde pensando en Manuel, y en las manos crispadas de la mamá, y en el papá, cada vez más lejano.

Un día decidió no sonreír más. Nadie lo advirtió. Como todos los primeros días de la semana, el padre se fue... por sus obligaciones; la mamá dobló y desdobló vestidos, y la preparó para ir a la escuela. Manuel continuó, como un rito, dando vueltas alrededor de la mesa, ahora con una pelota entre las manos. ¿Eso sería vivir?

El tiempo avanzaba, entonces, como ese perfume antiguo que, encerrado en un baúl muy viejo, siempre parece el mismo y se desvanece, y vuelve a ser, porque necesitamos que sea, y Dolores cerraba los ojos y quería sepultar todas las horas y empezar nuevamente. Sí, al principio había sido divertido apretar las teclas y ver la cara complacida del papá, pero ya no sabía cómo era su cara ni podía imaginar su voz. ¡Su hija, la sorda! Además, se daba cuenta de que la actitud de su padre hacia Manuel no era ya la misma. Apenas un jugueteo, una caricia de apuro. Y, luego, la evasión, el compromiso falso, la reunión inventada... la soledad.

La mamá comenzó a ser ante sus ojos un remolino inmenso, cuya actividad sin límites desdibujaba su imagen. A veces, solo parecía una ráfaga imposible de asir, pues estaba en todas partes y en ninguna. Y ellos, que querían abrazarla tanto. Llegó a convertirse en una mano fuerte, poderosa, que los vestía, los llevaba a la casa de los abuelos y se iba. Había que trabajar sin tregua. ¿Por qué? ¿Para qué? ¿Y después...?

Manuel no hablaba. Miraba el mundo como si viviera fuera del mundo.

Era solo un espectador agresivo, rebelde, que trazaba su mismidad con ese oscuro y mítico paseo alrededor de la mesa, buscando, buscándose desesperadamente. ¿Eso sería vivir?

Dolores ya no sonreía o, mejor, trataba de imaginar la risa para no olvidarla. Había que recordar… siempre, siempre, siempre. Había que atrapar las bocas de todos, las muecas solemnes de todos y también los ojos, que hablaban más que las bocas, que no sabían disimular ese dolor que supera al dolor y devora silenciosa, lentamente el ansiado sosiego. Había que saber y no dejarse engañar. Había que exigir la verdad.

Uno de esos días, sin ayer y sin mañana, sin sonrisa y sin papá, Dolores escapó de la muda y obstinada palabra de su madre, y recorrió cada rincón de la casa; miró con ternura los ojos duros y los cabellos de plástico de sus muñecas; rozó apenas las tapas de los cuadernos y de los libros; se sentó al piano y ensayó con sus manos en el aire una melodía fugaz y única. Luego, encogió los dedos con fuerza hasta que las uñas se clavaron en la palma blanca y suave. Enseguida, se puso de pie, corrió hacia el comedor y, con un ademán de triunfo, tomó la mano de Manuel y comenzó a caminar alrededor de la mesa, cada vez con más prisa, con

acezante prisa, pero hacia atrás, irremediablemente
hacia atrás...

Sus risas torpes, tartamudas, agónicas desan-
graban la infinita brevedad de los siempre y de los
nunca de este reino.

El cuadro

Como todas las mañanas, Irene salió de su habitación, bajó las escaleras y, en el descanso, quedó inmóvil ante la reproducción del cuadro de Edgar Degas. Los tules evanescentes, en una atmósfera lírica. El ademán alado. La gracia sin artificio. Sin duda, esa mañana iría.

Los ojos recorrían la tela con fruición, pero se detenían, sobre todo, en las zapatillas enhiestas de la bailarina, motivo central del cuadro, y en el rostro, suma de gozo por la gloria alcanzada y por la vocación cumplida. Parecía hecha de luz.

Encontró una puerta abierta y entró. El cartel decía «Informaciones», pero ninguna persona estaba allí para darle las que ella quería.

Subió unos treinta escalones con cierto temor, mirando a un lado y a otro, pero no halló nada. Al bajar, encontró a un viejecito que la miró asombrado.

—Señor, quiero ser bailarina y necesito saber cómo.

—Trabajo, hija, mucho trabajo, pero, ante todo, una gran vocación a la que no has de renunciar ni después del fracaso.

Irene ya sabía todo eso: ensayos, ensayos y más ensayos... y trajes... y peinados...

—Una entrega total, hija.

—¿Dónde puedo averiguar?

—Salí por esta puerta, a la derecha, y allí encontrarás a un señor; él te dirá.

—¡Gracias, señor!

Irene desapareció como un rayo. El anciano meneó la cabeza y sonrió.

El señor era un hombre relativamente alto, de gruesas gafas y nariz prominente. Respondió al saludo de la joven y la invitó a sentarse.

—¿Qué desea usted, señorita?

—¡Ser bailarina y de las mejores!

Los ensayos se multiplicaban hasta el cansancio. Ya no era solo el monótono ejercicio en la barra, al compás de una música monocorde, sino también la práctica en el escenario, con los decorados y los reflectores ante un millón de butacas vacías y de palcos huecos.

Irene trabajó sin quejas ni fatiga. Representarían *El lago de los cisnes*.

El teatro estaba colmado. Los pesados telones de terciopelo rojo constituían el límite entre el público y la fama. Sus padres y su hermano Ezequiel ocupaban tres butacas en la segunda fila. Le dieron los últimos retoques en el rostro; se acomodó bien el traje y aseguró las cintas de sus zapatillas. Los primeros acordes le anunciaron que la función comenzaría de un momento a otro. Se puso en puntillas de pie, caminó algunos pasos y adoptó, luego, su posición normal. Estaba muy tensa. ¿Sería esa la última vez?, ¿el fracaso definitivo o el éxito total? Miró con ternura a sus compañeros, y se desearon suerte cuando el telón, lentamente muy lentamente, dejó ver la oscuridad poblada de ojos ávidos y de corazones anhelantes.

Irene bailó de maravillas. Parecía que los pies no tocaban el piso. Volaba, volaba con fruición. Los brazos eran alas que deseaban elevarse, ser libres. Cada vuelta simulaba un ascender fallido, pero valía el intento. Su compañero de danza no podía ocultar su extrañeza. Irene no era Irene; era un pájaro; era el cisne del lago. Su metamorfosis no era obra de la técnica ni de su culto por el arte. Amaba lo que hacía con todo su ser, sin temor a los renunciamientos. Ya no le tenía miedo al fracaso porque ella lo intentaría otra vez. No pensaba en el éxito, ya que los aplausos no le aseguraban una plenitud espiritual. Solo debía luchar por bailar bien. Su amor por la danza se proyectaba indefinidamente en su cuerpo. Por eso no era Irene, sino el cisne de Tchaikowsky. Su belleza blanca se tornó, de pronto, luminosa. Solo ella danzaba sobre el escenario. Vueltas y más vueltas; vuelos y más vuelos; alas, alas, alas…

—¡Irene, el desayuno está servido!

—¡Voy, ya voy, mamá!

Cerró los ojos un momento; los abrió nuevamente y observó una vez más las zapatillas de baile. Luego miró con alegría sus alpargatas, se ató los cordones de una de ellas con un ademán grácil, casi premeditado, y bajó saltando el resto de los escalones. Esa mañana, sin duda, iría.

El último ensayo

Carmen dobló la servilleta azul y la colocó junto al plato de porcelana inglesa que le había regalado su padre. Acomodó mejor una copa y pasó, involuntariamente, la mano sobre el mantel, como para arrojar al suelo alguna miga inexistente. Después se sentó. Los dedos comenzaron a tamborilear sobre el brazo del sillón, y los ojos, a escudriñarlo todo. El cuadro estaba torcido. ¡Miseria! Se levantó de un golpe y lo enderezó. Así estaba bien.

—Caracol, col, col, saca tus cuernos al sol. Cara... col... col... col...

Se miró el vestido una, dos, tres veces y se recogió el fastidioso mechón de cabello que le tapaba el ojo derecho. Ya debía de faltar poco. ¿Qué hora era? Las nueve en punto. Margarita nunca había sido impuntual. Sabía que vendría. Ella lo había prometido. Cuando la llamó por teléfono, la reconoció enseguida. Su voz no había cambiado. Ella, seguramente, tampoco. Tomó la servilleta que estaba junto al otro plato, la olió con fruición y la dejó otra vez en su lugar. No faltaba nada, no.

Aquella mentira había truncado su carrera para siempre. ¡La pasión del teatro! La oportunidad única de pisar un escenario para representar, tal vez, un papel pequeño, anodino, pero con todas las luces en la cara, en el cuerpo, en las manos; con miles de ojos para una solamente.

«—¡Buenos días, señora! El desayuno está servido». Siete palabras, las siete palabras de la consagración definitiva. ¿Qué hora era? Las nueve en punto. Ya debía de estar por llegar. Margarita nunca fallaba.

Carmen abrió la tapa del piano y comenzó a tocar un vals. Luego, se puso de pie, sin cerrarla, y caminó erguida y con cierta solemnidad alrededor de la mesa. Ya podía encender las velas. Los candelabros de plata, uno en cada extremo, parecían veladas visiones de otro tiempo. Sin embargo, Carmen los amaba, los necesitaba en su presente. El padre nunca había querido que fuera actriz…, pero ella se empecinó… sentía «el arte en las venas»; era su gran oportunidad. La chica que faltaba en el elenco era ella, «la Carmen», como la habían bautizado burlonamente Margarita y sus circunstanciales compañeros de aventura dramática en el instituto. Y «la Carmen» estuvo allí, en el lugar que le indicaron, a las siete en punto, ni un minuto más ni un minuto menos, con las manos heladas y los ojos brillantes de ansiedad, estrujando su carterita de cuero y su pañuelito blanco de puntillas. Un señor entraba y salía sin mirarla. Ella estaba allí, para la prueba, ¿o no había prueba? Le habían dicho que sí, que fuera. Sabía que la esperaban. Era el único papel que no se había cubierto, y ella lo haría de maravillas porque lo sentía: «—¡Buenos días, señora! El desayuno está servido». En una de sus tantas salidas, el señor dejó la puerta abierta, y ella, cada vez más helada, espió. ¡No se veía nada! Entró, entonces, en puntas de pie. Nunca supo por qué en puntas de pie, pero lo hizo. Un fuerte olor a tabaco y una tibieza artificial la detuvieron. ¿Dónde estaban los demás? ¿Era la única? ¡Era la única! ¿Y ahora?

Cuando el señor volvió a entrar, le preguntó qué hacía allí. No se podía entrar. Estaba prohibido.

—La prueba, señor…

—¿Qué prueba?

—El papel… ¡bah…! un papelito… bueno, no sé… el escenario… algo para mí… era para mí, señor…

Ahí no se tomaría ninguna prueba ¡a nadie!

—¿Entendió? ¡A nadie!

Se detuvo un instante frente al retrato del padre y se quedó seria, muy seria. Tenía razón. Ella era una chica para la casa, para tocar el piano. A pesar de todo, la broma o la mentira, la ruin mentira, la había ayudado a encontrarse en el espejo de la vida. Se acercó otra vez a la mesa, acarició el borde dorado del plato de porcelana azul y el pie frío del candelabro, observó de cerca la limpidez del cristal de la copa en la que probablemente bebería Margarita y acercó más la silla a la mesa. ¿Qué hora era? Las nueve en punto. Sí, las nueve…

Se sentó en la mecedora de su madre. Le pesaban las piernas. Debía esperar… Había que saber esperar… Margarita era muy muy puntual.

Un hilo de luz hizo visibles los cuatro pabilos muertos en los candelabros de plata. La mucama entró en el comedor, dejó con asombro la bandeja en un extremo de la gran mesa y, sin advertir la presencia de su señora, comenzó a recoger el servicio impecable de la cena.

El crac de la mecedora la asustó. Carmen, de pie, sonreía.

—¡Buenos días, señora! El desayuno está servido.

Los aplausos fatigados de la anciana resonaron huecos en la fría penumbra del silencio.

No habrá olvido

No sabía desde cuándo arrastraba los pies. Creía que había sido una tarde… quiso aproximarse a la ventana y ya no pudo hacerlo con soltura. Una fuerza interna se lo impedía. Al llegar, se miró los pies. Parecían inmóviles. Corrió la cortina y observó ávidamente la calle; tan ávidamente como la soledad se lo permitía, esa soledad sin ilusiones que no la dejaba o no quería dejar.

Las rosas rojas de diciembre no habían llegado. Camilo las enviaba siempre, el mismo día, a la misma hora. Pero, esa vez, no habían llegado. El florero vacío contenía solo el esqueleto de su esperanza.

Sus dos hermanas habían alentado en ella un amor que nunca supo si existía. Las tarjetas que acompañaban las flores repetían, año tras año, la misma leyenda: «Para la Srta. Celina. Con sincero afecto». ¡La señorita Celina! La señorita Celina, que corría a abrir la puerta y a abrazar las flores, no necesitaba una tarjeta, sino una palabra humana, un afecto real.

Las últimas rosas ya no la alegraron. Ni siquiera hizo valer el privilegio, el soberbio privilegio de llenar el jarrón con agua y de acomodarlas una por una, con una sonrisa inconsciente que sus hermanas festejaban con no pocas burlas.

No, ella no estaba enamorada como creían. Camilo había sido siempre una relación comercial, una antigua relación de compra y venta, como Celina la llamaba, llena de facturas y de fechas y de pesos. Se veían para eso, para concretar un negocio que les convenía a ambos.

Allí estaba la otra Celina, la ejecutiva, la que no sentía nada. Y Camilo, tal vez para acrecentar sus negocios, obsequiaba rosas, una por cada mes del año, una por cada cheque, una por cada operación brillante que la «suprema idoneidad» de esa mujer había llevado a cabo.

—La señorita Celina no bosteza nunca; trabaja, señores, trabaja —repetía mil veces cuando visitaba su oficina y la rescataba entre un mar de papeles.

¡La señorita Celina! A sus hermanas les caía bien. Camilo era un caballero, un señor. Sí, un señor que nunca visitaba la casa, porque esa no era su área de actividades, su campo de batalla. Allí no había negocios para hacer ni compromisos para asumir. Él se sentía bien así, a distancia, para que nadie pensara algo diferente de lo que se esforzaba en demostrar.

Cuando Celina se sentó junto al jarrón, comprendió que las rosas ya no llegarían. Su madre, simulando que buscaba algo, apareció dos o tres veces en el comedor. Mientras se secaba las manos en el delantal, meneaba la cabeza como lamentando la desilusión de la hija mayor.

Una de sus hermanas insistía en no dejarla sola y repetía, hasta el cansancio, el «Claro de luna», de Debussy, en el viejo piano alemán.

Durante el almuerzo, Celina sintió todo el peso de un silencio cómplice, poblado de palabras invisibles que se pensaban con esfuerzo, cuidadosamente, para no alentar tristezas.

Participó del rutinario diálogo de mediodía con un disimulo mal disimulado y con el deseo escondido de oír el timbre y de abrazar sus rosas. Pero… nada…

Por rara casualidad, el café se sirvió en el *living*, como los domingos. Tal vez había sido el padre el de la idea, como para respirar mejor.

Celina no quería hablar, no tenía voluntad de hablar. Un sol muy débil crecía sobre el tapizado rojo del sillón. Le encantaba asistir a esa especie de cotidiano rito, cuando un rayito tímido lamía la pata del mueble y luego reptaba hasta apoderarse totalmente de él.

Bebieron el café, que no estaba muy caliente, y cada uno volvió a sus intereses, y ella, a su desesperada esperanza.

Le pesaban los pies... Y ese frío... En la casa, ya no quedaba nadie. Sus hermanas se habían casado y vivían lejos... Sus padres...

¡Hasta le fastidiaba el bastón!... ¿El timbre? No, no abriría. ¡Y si eran las rosas... sus rosas de diciembre...! ¡¿En julio?! ¡Imposible! ¡Qué insistencia!

—Señorita Celina, algo para usted. Soy Ramón, abra...

El trayecto de la ventana a la puerta duró un siglo. No podía llegar, aunque su ansiedad la empujaba a hacerlo. El golpe del bastón contra el piso reproducía los latidos de su corazón cansado. Los recuerdos le llenaban la cabeza, la confundían, la lastimaban...

Por fin, llegó. Abrió la puerta con temor, un cándido temor adolescente, y el portero le alargó la factura del gas. Celina le agradeció con una sonrisa desvaída y cerró la puerta. Si ella lo decía... ¡¿Rosas...?! ¡¿En julio...?! ¡Imposible...!

La víctima

No lo conocía. Nunca había jugado allí. Se acercó con displicencia a la mesa de billar y rozó con la mano, completamente abierta, su superficie afelpada. A pesar de su proximidad, no la vio, no podía verla. En cambio, ella no perdió uno solo de sus movimientos. Hasta advirtió el ligero temblor de sus dedos...

Desde la pared más próxima, el mítico «Gardelito» miraba y miraba con un tango helado en la sonrisa de papel.

Varias veces, pasó la mano enjuta, huesuda, de tensas venas azules, sobre la mesa solitaria. Después, la apartó casi abruptamente, como si algo lo hubiera lastimado. Y se quedó estático.

La *Novena Sinfonía*, de Beethoven, no le resultaba adecuada ni para el lugar ni para el momento. ¿Dónde estaba la radio? Caminó con pasos largos y seguros hasta el mostrador y le pidió al dueño que buscara otra música más... más... El hombre, con un gesto de ironía, continuó secando la copa de coñac. El insultante fracaso lo obligó a regresar a su puesto, junto a la mesa de billar. Tomó una de las bolas, la acarició y la arrojó hacia el hueco con cierta ceremonia. Eso no era jugar. Sin duda, nunca lo había hecho. ¿Y de qué se reía aquel hombre?

Ella continuaba en su lugar, serena, fría, expectante. No debía moverse.

Si no la había descubierto, mejor. Así, podría quedarse más tiempo. El calor que emanaba de la estufa la atraía irremediablemente. Si el dueño no había dicho nada... ¿por qué él?

El extraño se frotó varias veces las manos y miró al hombre del mostrador. La *Novena Sinfonía* no terminaba nunca y lo perturbaba. No podía concentrarse. Para jugar necesitaba silencio... ni el vuelo de una mosca... Se resignó, entonces, a esperar. Ella lo observaba. Desconfiaba de su inmovilidad, pero tampoco quería ceder a sus caprichos y decidió quedarse muy quietecita. Se sentía tan bien.

El dueño le ofreció grapa. No aceptó; primero que acabara Beethoven, después bebería algo. La situación estaba tornándose asfixiante. Ni el dueño apagaba la radio, ni él jugaba. La cara, detrás del mostrador, agigantó su disgusto con una mueca; la mano crispada elevó aún más el volumen. El extraño no iba a irse. Ella tampoco. Él no se movería de allí hasta realizar su juego. Ella tampoco, aunque el juego no le interesaba, pero sí el jugo de naranja que el dueño estaba sirviéndole a otro personaje de esa tarde tan poco porteña. Había que esperar. La prudencia era, en ese momento, la mejor arma.

El extraño se puso de pie y comenzó a caminar alrededor de la mesa de billar. El dueño lo escrutaba de reojo. De pronto, un locutor gangoso interrumpió la insigne pieza musical para ofrecer pastillas contra la tos. El dueño, irritado, volvió a mirarlo. El extraño aprovechó la ansiada pausa para lograr su deseo. Tomó el taco, se preparó ensayando distintas posturas, se agachó cuanto pudo, y ella, que no pensaba moverse, sintió el ardor quemante de su aliento, la gradual proximidad de su sombra, el ahogo de la entrega de su cuerpo, la desaparición de la luz, y se movió, se movió desesperada, en afónica espiral, hasta rozarle los ojos y la nariz, introducirse en su cabello y volver a su mejilla y a su boca.

El extraño maldijo tres veces; soltó el taco inconscientemente, maldijo otra vez, y la aplastó sobre su mano azul, con esa rabia encarnada que inocula la frustración.

De la radio del dueño salían vigorosos los primeros acordes de la «Oda a la Alegría», de Schiller-Beethoven.

Camino de regreso

Adelina Fontán esperaba en silencio. El cielo estaba alto y azul. Sus ojos recorrían ajenos cada fragmento de la realidad que los alarmaba. Sentía dentro de su cabeza la ondulante presión de miles de víboras que hostigaban sus pensamientos.

Miró la tierra apisonada del sendero, cruzó las manos sobre su vientre y empezó a caminar. Cada paso, pequeño pero seguro, parecía reproducir el ritmo aletargado de su sangre. A veces, se detenía, desunía sus manos y estiraba los dedos infinitamente para recobrar en un instante el mismo aire abandonado del principio y continuar sin rumbo el imaginario paseo.

Ella sabía que las flores y los pájaros podían hablar. Ya se lo decía antes de todo esto, antes del derrumbe. Y le hablaron, pero no los escuchó; no quiso escucharlos nunca. Seguramente, decían sandeces… palabras… —¿palabras?— sin sentido.

Una sonrisa permanente iluminaba su rostro vacío. Empezó a caminar nuevamente, pero esta vez con cierto recelo. Volvía la cabeza como para convencerse de que lo que había visto y oído era verdadero.

La noche anterior, la Virgen le había abierto su manto blanco, purísimo, para recibirla en el otro Reino —ella la había visto—, y le había dicho que era muy buena y que se alejara de los que querían hacerle mal, entre ellos, su marido; que ella era muy buena…

«No imaginan ustedes qué llegará a ser el hijo de Adelina. No lo imaginan… no lo imaginan…».

Cuando apareció Micaela, dejó de pensar como si la hubiera asaltado el absurdo temor de que alguien descubriera lo que nunca decía. La mujer pasó a su lado sin mirarla. Luego, vinieron Flora y Araceli y Damiana, pero no la vieron.

Adelina continuó caminando. ¡Por fin, había encontrado el portón de rejas negras! Apuró el paso con los brazos extendidos para alcanzarlas. Se asió rudamente de los hierros ya algo oxidados y devoró con avidez la calle. Dos o tres personas pasaron y la miraron con miedo y con lástima. Movió la manija para abrir y, en ese mismo instante, sintió un doloroso zamarreo y una fuerte bofetada.

—¿Qué hace, Fontán? ¡Adentro! ¡Adentro!

Adelina no contestó. Los ojos, brillantes; la boca, con un rictus de desmoronamiento interior. No lloró y, como si nada hubiera sucedido, reanudó su paseo hacia la nada. Solo quería ver a su hijo, quería darle el amor de madre que le había negado en esos cuatro meses interminables. Pero ya vendría, ya vendría.

La enfermera se aseguró de que la puerta tuviera llave; se dio vuelta, pasó la mano, aún roja, por la falda del delantal y miró el cielo. Ya no estaba tan alto ni tan azul. Se ató el cordón del zapato y volvió a sus tareas.

Adelina ya estaba lejos, en el fondo del parque. Aquel «¿qué hace, Fontán?» golpeaba ahora su cerebro como una inmensa carcajada a destiempo y se convertía en un eco sin fin.

La tarde agonizaba sobre las ramas últimas de los árboles. Ella seguía esperando, los brazos cruzados sobre el vientre, la mirada tristemente azul…

El fracaso

Primero fue la abuela. Se quedó dormida en la enorme cama que había traído de España y no despertó más. Después, al año siguiente, su gato Olé. Lo encontró Marcos, rígido, como hecho de piedra, en el rincón más oscuro del garaje. Más tarde, en el segundo aniversario de la muerte de la abuela, la tía Consuelo salió al patio y cayó sin motivo, casi voluntariamente. Tal vez, un mareo. Había en su boca helada una mueca de resignación, como si ella ya supiera que ese y no otro sería su fin.

Sin la abuela, la casa no era la misma. Le faltaba luz. Las campanadas del viejo reloj penetraban la carne, horadaban el silencio. Consuelo y Marcos sentían que el tiempo los devoraba de a poco, serenamente.

Las visitas de don Avelino, el hombre que solo sabía reír, se hicieron más asiduas. Llegaba a las dos de la tarde y se eternizaba en un sillón de la galería para beberse todo el aire, según su acostumbrada expresión. Los pómulos rojos, salientes, se le encendían aún más cuando saboreaba la copita de licor que le ofrecía la tía Consuelo como una práctica ritual. A Marcos siempre lo sorprendió este personaje que los visitaba sin ser siquiera pariente. Don Avelino, el vecino de España —así lo definía la pobre abuela—, desenterraba sus recuerdos una y otra vez, siempre los mismos, irremediablemente los mismos, y ella seguía cada uno de sus gestos con los ojos inquietos de su soledad, asombrados, y sus palabras echaban raíces en su corazón. Si el marido viviera —¡mi viejo!— para escucharlo, su alegría sería completa.

La ausencia definitiva de la abuela no transformó las costumbres de este señor, a quien esa muerte daba nuevos argumentos para sus monólogos.

El gato, que nunca se atrevió a acercarse a su sillón, comenzó a rodearlo con aire esquivo. El inmenso círculo que trazaba su exploración fue cerrándose, hasta que —ni el gato hubiera podido explicar el porqué— despertó meloso sobre las piernas de don Avelino, quien no cesaba de acariciarlo, y allí se quedaba horas y horas, hasta que la paciencia lo traicionaba y, lentamente, como había venido, se deslizaba por el patio en busca del rincón más oscuro del garaje. Don Avelino dejaba de hablar para mirarlo —quizá, para admirarlo—, hasta que desaparecía. Luego, cerraba los ojos, sonreía y retomaba el hilo de los hechos que contaba. Olé murió el mismo día que la abuela, pero un año después. Cuando lo encontraron, tenía los ojos muy abiertos, y, aunque Marcos lo intentó, no pudo cerrárselos. La tía Consuelo, de rodillas, lloraba acongojada. Olé era más que un gato, era su vida, el ritmo exacto de su vida. Marcos no trató de calmarla. Que llorara, le haría mejor; ya se le pasaría; por un gato…, tanto escándalo…

La noticia de la muerte del animalito avivó el interés de don Avelino, y sus visitas fueron haciéndose insoportablemente cotidianas. La tía Consuelo, entre lágrimas y ayes, no dejaba de ofrecerle la copita. La mano temblorosa de don Avelino hacía malabares hasta que lograba acercarla a sus labios. Entonces, la boca ávida se abría en una desmesurada mueca y el líquido atravesaba la garganta caliente hasta que la última gota devolvía perseverante una mojada transparencia al cristal. La tía Consuelo presenciaba el hecho como una ceremonia, y hasta su lengua relamía inconsciente los labios finos y mustios. Después de beber, don Avelino nunca apoyaba la copita sobre la bandeja. Jugaba con ella, con los ojos fijos en el laberinto de su tallado, y su uña golpeaba sin cesar, siempre de la misma manera, el borde delgadísimo. Luego, sonreía y seguía hablando.

Su presencia fue tornándose absurda. Marcos y la tía Consuelo la aceptaron con anónima resignación, como si ya no existiera.

Aquel día en que don Avelino reincidió en su tediosa visita, miró extrañamente a la tía Consuelo, una mujer sin sentimientos, que necesitaba protección y que, sin embargo, elegía la soledad, su pequeña soledad, junto a la callada compañía de Marcos, que solo sabía mirarla.

Aquel día, don Avelino recordó con una sonrisa la muerte inesperada de Olé y, como siempre, las historias aldeanas de la abuela. La tía Consuelo y Marcos lo oían por costumbre, porque así debía ser, porque un cambio podía resquebrajar esa realidad sin rumbo que tanto les había costado construir.

Aquel día en que la tía Consuelo aceptó el juicio sorpresivo de su muerte al salir al patio, don

Avelino sintió que la casa era más grande. Se miró en el espejo del dormitorio de la tía Consuelo y solo vio una borrosa vejez que con ciega irreverencia luchaba por seguir existiendo.

Aquel día, don Avelino no habló. Marcos lo acompañó durante horas junto al féretro y no oyó una sola palabra. La tía Consuelo soñaba, frágil y blanca, su último sueño. Y el anciano lo velaba para que nadie la despertara jamás. Él, que solo sabía reír, rio, rio, rio, hasta que su risa desierta se deshizo en un grito, un doloroso grito…

El intruso

No había luz en la habitación. Se acercó lentamente al ventanal y pudo oír aún los saludos de despedida de los últimos visitantes. Después, el golpe seco de la puerta de un vehículo, un motor en marcha... La calle también estaba a oscuras. ¿Habría alguna estrella? Sintió que su corazón comenzaba a rodar por el empedrado, hendido por los rieles del tranvía. Recordó —no sabía por qué— tres o cuatro versos de un poema de Baldomero Fernández Moreno. Y se sentó en el cordón de la vereda. Sintió sobre la cara las voces interrogantes de los chicos del barrio. ¿De dónde venía? ¿Quién era? Él sonreía como si no supiera hablar.

Leonardo pronto se dio cuenta y cambió el tono de voz. Algunos esbozaron una carcajada inconsciente. Otros, despreocupados, reclamaban la continuación del juego, interrumpido por ese personaje anónimo y estático que siempre ocupaba el mismo lugar en la misma vereda, y que ya estaba convirtiéndose en un obstáculo para desplazarse sin límites en la calle.

Leonardo le recomendó que saliera de allí, que podrían lastimarlo con la pelota, pero él no quiso oírlo. Se acomodó mejor y cruzó las manos entre las piernas. Valía la pena quedarse. Sonreía. Leonardo hizo un gesto de desagrado y regresó con los suyos para ocupar su lugar en el arco invisible que improvisaba su imaginación de niño feliz.

El partido se reanudó con encendido fervor. Él escuchaba el nervioso y áspero zigzaguear de las suelas contra el pavimento y el rodar redondo de la pelota que parecía burlar la meditada ejecución de los pases.

El sol entibiaba las ramas vacías del otoño que proyectaban sus sombras sobre la vereda mustia. Sus ojos se habían acostumbrado a vagar por regiones inciertas; todo el aire era una inmensa flor amarilla, ilimitadamente amarilla, cuyo perfume cansado le había enseñado a hacer la soledad. Sonreía y levantaba la cabeza.

Leonardo perdió una gran oportunidad en su juego por mirarlo. ¿Qué hacía allí? Lo lastimarían. Él se lo había dicho. ¿Por qué no lo llevaban a su casa? Sus partidarios comenzaron a insultarlo. Había perdido «la jugada del siglo» para lograr el ansiado gol… y simplemente por mirar al desconocido que ahora aplaudía para festejar no sabían qué triunfo. Leonardo también comenzó a aplaudir ante el desconcierto de sus amigos, quienes soltaron la pelota y lo imitaron con ironía, bailando como bufones de un rey sin corona.

La gritería y los aplausos inmovilizaron al niño. Ya no hacía nada. Solo levantaba la cabeza como para comprobar que allí estaba su alta flor amarilla.

Leonardo hizo callar a los otros y se acercó a él. Se sentó a su lado y le habló; le preguntó todo lo que su desbordante curiosidad le exigía. Repitió palabras, preguntas, respuestas. Tomó su brazo, palmeó su espalda, pero no obtuvo un solo indicio de su extraña identidad. Finalmente, lo invitó a compartir su juego. El niño asintió con un leve movimiento de cabeza y se levantó. Caminó algunos pasos y dio un puntapié en el vacío, arrastrando la suela de su zapato sobre el empedrado amarillo. Los demás se miraron atónitos. La pelota estaba junto al cordón. Ni la había movido. Entonces, vieron cómo agitaba los brazos en señal de triunfo

¡Lo había logrado! ¡Lo había logrado! ¡Había hecho el gol que tanto esperaban! ¡Él solo...! ¡Él solo...! Después, el golpe seco de la puerta de un vehículo... Oyó que los demás corrían y le gritaban para que subiera a la vereda. Él no quería. El ruido de un motor en marcha abrió su boca de asombro. Una estridente ráfaga rozó su cuerpo estremecido y se fue perdiendo, perdiendo... Sonrió tristemente. La calle de su pequeño mundo amarillo ya no estaba. Apretó la cara vieja y cansada contra el vidrio helado, cerró con fuerza los ojos casi muertos..., y su silencio se fue rodando ilusión abajo...

No entregar las alas

Sin duda, la pasión de Germán Nardo era la vida. Con los ojos fijos y monótonamente asombrados, presentía, incansable, el vaivén que su mecedora imprimía a los escasos objetos que soñaban en su habitación, desde hacía mucho tiempo, con la muerte. La luz se derramaba ardiente a través de la ventana alucinada. La mano trataba de atrapar algo con voluntad laboriosa. La boca se le encogía y se le extendía con un ritmo lento, trémulo... No quería pensar... No quería...

Se dejó llevar por el tiempo y permitió que los otros le royeran las entrañas, le amordazaran los sentimientos.

«—¡Germán!, cuando seas grande, montarás aquel potro blanco que te espera todas las mañanas... Cuando seas grande... Cuando seas grande... ande... nde... de... eeee...

»—¿Qué es ser grande, madre? ¿Seré grande siempre, aun después de ser grande?».

Cuando se abrió la puerta, oyó que las sandalias de la mujer se arrastraban contra el piso y provocaban un ruido áspero, abúlico. Él estaba allí, ¿no lo sabía? La puerta se cerró otra vez, pero todavía oyó —cada vez más lejanas— las pisadas sordas e iguales.

El calor era sofocante. El aire estallaba. La pared, indefinible, tácita, parecía cansada de soportar su sombra. Los ojos inmensamente abiertos se tragaban la tarde. Y eran amarillos como las hojas de su perenne otoño; y eran rojos como la sangre desconocida del cuerpo; y eran blancos, tan blancos...

«—Germán, espera. Ya falta poco para que vueles como el pájaro, para que sientas la sed del viento que se devora la espuma del mar; ya te lavarás la cara en la lluvia y atravesarás el polvo de los caminos hartos de tiempo. Espera, Germán, espera, espera....

»—Sí, sé que tendré mi hora sin máscaras ni disfraces, sé que esta mueca sin nombre se derretirá...».

La mecedora seguía inventando, con su acompasado jadeo, la soledad. Un gato cruzó sigiloso el recinto para habitar, como todos los días, el mismo rincón. ¿Quién lo vería ya? «¿Cuándo rodaré por el campo para contagiarme la blandura de la tierra, para que mi piel arroje su cáscara, rompa su éxtasis y respire, por fin?». El viejo reloj de péndulo dio las ocho monótonas campanadas. El gato se detuvo sin voluntad, traspasado por el delirio de esa orfandad sonora. Germán padeció su proximidad inmóvil.

«—Yo no estaré, Germán, pero sé que encontrarás el camino. Tu padre lo decía en las tardes de lluvia; sí, en las tardes de lluvia, cuando lo ahogaba la esperanza: "Mi hijo sembrará su tierra y verá sus raíces y recogerá sus frutos"».

La noche, su noche, ya coloreaba los vidrios con la luz acidulada de una luna enorme, fantástica, una palpable redondez de infancia ilusoria, maternal. La mano continuaba afanándose en aprisionar algo, en poseerlo. La boca se extendía y se encogía, se encogía y se extendía, con más rapidez que nunca, casi anhelosamente.

«Sí, las lágrimas han labrado su surco, pero ahora está seco. ¡Cómo se nos fue el tiempo!».

La aguja del reloj comenzó a arrastrarse hacia el minuto siguiente.

El gato irguió las orejas. La mujer, desde la cocina, repetía las tres o cuatro palabras de una canción de moda que había retenido a jirones su memoria. La mecedora prolongaba su estertor de madera vencida.

«—Dime, madre, ¿qué otra soledad me espera? ¿Qué otro silencio se oculta detrás de estas páginas sin libro que me sirvieron de mundo? ¿Cuándo le arrancaré a este tiempo su mueca de tragedia, esa que un día intentaste dibujar en la palma de mi mano?».

La noche iba anidándose entre los primores de un frío herraje que mantenía en perpetua clausura cien o doscientos libros. La sombra, incontenible ya, rasguñaba el techo; subía y bajaba, bajaba y subía, subía y bajaba... Sobre la cara lívida del viejo temblaban manchones de luz. Un ligero escalofrío entorpeció el ritmo de la mecedora. Se oyó un golpe seco, duro, y un rumor vacilante comenzó a arrastrarse codiciosamente. El gato insinuó una carrera infinita. El picaporte se movió con insistencia dos o tres veces hasta que la puerta se abrió. Los dedos descarnados recorrieron con rara fruición las baldosas casi dormidas de la vereda.

«¿Qué hora es...? ¿Dónde está la tierra...?».

La agonía del ocaso talló sus moradas arrugas; la mano, lenta, muy lentamente, seguía perseverando para apoderarse de algo. La antigua mecedora recobraba despacio la constante quietud de una mariposa sin alas...

Obsesión

Abrió la puerta del baño. Estaba oscuro, demasiado oscuro. Intentó encender la luz, pero no sabía dónde estaba la llave. La mano derecha comenzó a buscarla con ansiedad. Una taquicardia repentina le punzó el pecho. Tuvo que detenerse un instante, hasta que la agitación cediera.

Le tenía terror a las cucarachas y presentía que allí, en ese lugar, encontraría una. Estaba seguro. Por fin, dio con la llave y entró. Miró nerviosamente cada ángulo del techo, cada rincón. Recorrió con ojos insanos las cuatro paredes, los intersticios de los azulejos, las ondulaciones de la precaria lámpara. Revisó con avidez el inodoro, el bidé, el lavabo.

Desconfió del inescrutable silencio de la rejilla y acercó la oreja para escuchar los posibles movimientos de sus odiadas enemigas. No, no había ninguna. Podía quedarse tranquilo y tomarse el tiempo que quisiera para satisfacer sus necesidades.

A pesar de ello, no cerró la puerta. La entornó para facilitar la huida. Pasaron unos minutos. Repitió la maniática observación, olvidó apagar la luz y salió indeciso. Caminaba con lentitud, como si le pesaran las piernas. Se detenía pensando quién sabe en qué y reanudaba su marcha. De pronto, una vacilante sombra ciclópea cubrió su cuerpo calladamente. No estaba solo. Lo sabía, pero no podía volverse. El miedo lo había paralizado. Sintió, entonces, un roce áspero, casi agresivo; después, una agobiante presión que crecía sobre las espaldas y ya no lo dejaba avanzar. No... lo... dejaba... avanzar... La sombra derrumbó sobre él el peso de su negrura, y un estallido de dolor le disgregó las entrañas. Aún se movía cuando las pajas rígidas de una escoba le amputaban la realidad para siempre.